18 Avril 18

COLLECTION

DE FEU

M. FRÉDÉRIC FÉTIS

DE BRUXELLES

PARIS — 1887

COLLECTION

DE FEU

M. FRÉDÉRIC FÉTIS

DE BRUXELLES

PARIS. — IMPRIMERIE DE L'ART

E. MÉNARD ET J. AUGRY, 41, RUE DE LA VICTOIRE

CATALOGUE

DES

FAIENCES ANCIENNES

DES DIVERSES FABRIQUES

françaises, hollandaises, belges, espagnoles, italiennes, orientales, allemandes danoises, suédoises, etc.

PORCELAINES TENDRES

de Tournai, Saint-Cloud, Chantilly, etc.

MÉDAILLONS EN TERRE CUITE DE NINI

Bustes et bas-reliefs de J. M. Renaud

COMPOSANT L'IMPORTANTE COLLECTION

De feu M. FRÉDÉRIC FÉTIS, de Bruxelles

ET DONT LA VENTE AURA LIEU

HOTEL DROUOT, SALLE N° 1

Les Lundi 18, Mardi 19 et Mercredi 20 Avril 1887

A DEUX HEURES

Mᵉ PAUL CHEVALLIER
COMMISSAIRE-PRISEUR
10, rue de la Grange-Batelière, 10

M. CHARLES MANNHEIM
EXPERT
7, rue Saint-Georges, 7

EXPOSITIONS

PARTICULIÈRE : *Le Samedi 16 Avril 1887*

PUBLIQUE : *Le Dimanche 17 Avril 1887*

DE UNE HEURE A CINQ HEURES ET DEMIE

CONDITIONS DE LA VENTE

Elle sera faite au comptant.

Les acquéreurs payeront *cinq pour cent* en plus du prix d'adjudication.

L'exposition mettant le public à même de se rendre compte de l'état des objets, aucune réclamation ne sera admise une fois l'adjudication prononcée.

PRÉFACE

Il y a déjà trop d'années, — c'était en 1875, — qu'un généreux cœur à qui je dois beaucoup, Champfleury, me fit, sans y penser, le don le plus cher et le plus précieux qui soit au monde, celui d'un ami.

Ami! en trois lettres, ce mot dit tout. De ce qu'il contient, Cicéron a fait un livre, qui est demeuré l'un des traités parachevés de la sagesse antique.

Ami! toutes les confiances et toutes les délicatesses, le charme des causeries faciles, le partage des joies, celui plus fréquent des tristesses, les aperçus lumineux sur les hommes et sur les choses, la sincérité de l'affection, la sûreté d'un appui bienveillant autant qu'efficace, j'ai connu toutes ces douceurs de l'âme, et j'en ai largement usé, pendant ces dix années où j'eus l'honneur de connaître et de pratiquer cet homme vraiment supérieur, qui s'est appelé Frédéric Fétis.

Conseiller à la Cour de cassation, professeur à l'Université libre de Bruxelles, membre et secrétaire de la Commission du Musée royal d'antiquités, Fétis était le digne représentant d'une famille qui a grandement honoré son pays. Lui aussi a voulu continuer à son nom une réputation bientôt séculaire; aussi, nulles fatigues ne l'arrêtaient pour mener de front les occupations les plus multipliées. C'est ce qui lui faisait dire : « Je sors à six heures et demie du matin pour ne rentrer chez moi qu'à six heures du soir, épuisé par onze heures consécutives d'audience et d'examen. Après le dîner, il me faut feuilleter des dossiers et préparer des projets d'arrêts. » Quelle vie et quels devoirs! Mais aussi quelle considération en rejaillissait sur sa personne! Et comme son collègue de l'Université,

M. Prins, exprimait avec éloquence le sentiment de l'estime publique, quand il traçait en ces termes le portrait de son collaborateur : « Fétis était de ceux qui s'effacent et qu'il faut aller chercher. Il fallait, sous la réserve un peu mélancolique de son attitude, deviner la bonté de son cœur aimant ; il fallait, sous l'enveloppe de l'homme modeste à l'excès, trouver le légiste érudit, le lettré délicat, qui partageait sa vie entre l'amour du droit et de la justice, et l'amour des belles-lettres et des arts céramiques. Le droit et l'art ont été l'honneur et la joie de sa vie studieuse, discrète et paisible. »

Le Droit et l'Art ; en effet, toute l'existence de Fétis tient là, résumée.

Le Droit et l'Art !... Ah ! comme son intelligence lumineuse se mouvait à l'aise entre ces deux pôles ! Le premier l'attirait vers les applications souveraines du Vrai ; de l'autre, il voyait le Beau dans toutes ses expressions humaines.

Mais le magistrat est trop connu pour que son éloge soit à faire ici ; parlons du collectionneur, ou plutôt tâchons de le faire parler lui-même de son œuvre tant aimée.

« Il y a, écrivait Fétis, deux manières de collectionner. Quand on s'attache à une catégorie spéciale de produits, il faut être complet et pouvoir tout montrer, depuis les tâtonnements des débuts jusqu'aux dernières œuvres de la décadence. Mais, quand on forme un ensemble dont les éléments sont pris dans toutes les écoles, le meilleur système est de n'acheter que ce qui se recommande par un mérite d'art... Tout m'est bon, pourvu que j'y trouve un réel mérite d'art et l'avantage d'une parfaite conservation... Je n'ai commencé à collectionner qu'en 1869, trop tard pour m'en tenir à une seule école. Je cherche toujours la plus belle qualité, et j'attache une grande importance à l'excellente conservation des pièces. J'exclus de ma collection tout ce qui n'a pas un caractère d'art. »

Comme l'a si dignement exprimé M. le procureur général Faider, dans le discours qu'il prononça, le 11 mai 1885, à l'audience solennelle de la Cour de cassation de Belgique, on ne peut s'étonner de retrouver à ce point « le goût des arts, chez un homme d'esprit qui portait le nom illustre de Fétis ».

Il voulait donc, dans toutes les écoles, faire un choix éclectique des œuvres les plus distinguées et s'en entourer.

C'est pour cela qu'il venait à Rouen, en 1875, désireux d'étudier nos faïences locales, et que Champfleury me le recommandait, en ajoutant qu'il nous donnerait des travaux très utiles sur la céramique des Flandres.

Ces recherches de patience et d'érudition ont occupé ses rares loisirs. Il en a consigné le résultat dans les notices insérées au Catalogue du Musée royal [1], sur les manufactures de Bruxelles, de Tervueren, de Bruges, de Luxembourg, d'Andenne, de Tournai, d'Etterbeek, dont il a, le premier, déchiffré les monogrammes et fait connaître les fabricants et les artistes.

Lors de l'Exposition nationale de Bruxelles, en 1880, il fut prié de traiter l'article « Céramique », dans la belle publication : l'Art ancien à l'Exposition nationale belge; il s'y refusa, conseillé par sa modestie ordinaire, parce qu'il lui répugnait de parler de sa propre collection et d'en faire valoir le haut mérite, consacré par l'admiration sincère de ses compatriotes et des étrangers. Ses faïences et ses porcelaines tenaient bon, pourtant, malgré le voisinage redoutable des grandes collections Evenepoël, si admirables. Là, surtout, Fétis s'était appliqué à présenter un groupe important des faïences bruxelloises. Il me déclarait les avoir « en quelque sorte découvertes et signalées, à une époque où l'on ignorait généralement que Bruxelles avait été un centre de production céramique. Cette fabrique a fait beaucoup d'excellentes pièces figuratives représentant des animaux de grandeur naturelle. J'en possède quelques-unes... J'ai eu tort de négliger ces céramiques, tout en les faisant acheter par mes concurrents; aujourd'hui, elles sont fort recherchées et atteignent de grands prix. Ces animaux de Bruxelles sont presque toujours de grandeur naturelle, et se reconnaissent facilement à la perfection du modelé et à l'éclat de l'émail. Vous l'avez parfaitement caractérisé en l'appelant émail-satin. »

Fétis désirait que le Musée royal de Bruxelles se développât dans ce sens. Il eût, sans nul doute, fait partager ses vues à ses savants collègues de la Commission sur l'utilité d'une pareille mesure, et m'avait maintes fois recommandé de lui signaler toutes pièces de faïences ou de porcelaines belges qui me passeraient sous les yeux. Je l'eusse fait bien volontiers, quand la fin prématurée de cet homme excellent est venue, le 26 janvier 1885, arrêter ces beaux projets, animés d'une si patriotique ardeur. Car, s'il aimait Paris et la France, Fétis aimait encore mieux son pays : « Je ne veux devenir ni Prussien, ni Français, disait-il; je tiens passionnément à ma nationalité. » Toute sa correspondance est empreinte de ce double caractère : le culte de l'indépendance nationale et les idées les plus profondément sympathiques à la France.

Il aimait donc nos arts et notre littérature. Il aimait Paris. Non

1. Bruxelles, imprimerie Bruylant-Christophe et Cie, 1882.

pas seulement le Paris de l'hôtel Drouot et de Paul Eudel, le Paris du curieux et du bibelot, mais le Paris des Goncourt, de Daudet et de Flaubert, le Paris des lettres et des intelligences, dont il appréciait les œuvres en écrivain de race, qui ne pouvait oublier qu'un jour l'un des maîtres du roman moderne, Ernest Feydeau, l'avait peint au vif, avec sa sympathique et digne figure flamande, dans l'un de ses livres les plus estimés : Catherine d'Overmeire.

Aussi, comme il souffrait, quand l'une de nos gloires s'éclipsait avant l'heure! « Je ne saurais voir, écrivait-il, un fusil à aiguille sans penser à la mort d'Henri Regnault. »

Comme il est bien des nôtres, celui qui parle ainsi; et ne le prouvait-il point en toutes circonstances? Jamais son concours ne fit défaut à nos grandes expositions, à celles du Champ-de-Mars et du Trocadéro, comme à celles plus intimes de l'Union centrale des Arts décoratifs, au palais des Champs-Élysées; aussi la presse française ne fut-elle point indifférente et consacra-t-elle plus d'un article ému au souvenir de Fétis.

Plus d'une fois, j'avais reçu la triste confidence des inquiétudes que causait à mon ami sa santé éprouvée : « J'ai trop présumé de mes forces, m'écrivait-il un jour, et je souffre d'une surexcitation nerveuse causée par un excès de travail. » Je lui conseillais le repos; mais comment convertir ce laborieux? Le repos, il ne l'obtenait plus, la nuit, « qu'au moyen d'un narcotique pris à forte dose ». Une telle médication me consternait; mais, dès qu'une accalmie avait lieu, sa bonne humeur accoutumée reprenait le dessus : « Ma santé est excellente pour le moment, ajoutait-il. Combien de temps cela durera-t-il? Bien souvent déjà je me suis cru complètement guéri. Je suis comme Arlequin, qui, tombant du haut d'un clocher, se trouvait assez bien avant de toucher terre. »

Bientôt, avec les labeurs renouvelés du Palais et de l'Université, les mauvais jours s'accumulent : « Ma santé, avoue-t-il, ne vaut pas le diable; mon cœur bat la générale du matin au soir. Puissé-je atteindre les vacances et prendre le repos et la distraction dont j'ai si grand besoin. »

Quel aveu! Le voyez-vous, ce jurisconsulte, ce magistrat, partout s'effaçant et partout supérieur, que la confiance de son souverain a placé si haut, le voyez-vous aspirant après les vacances, comme un écolier? C'est que les hommes de devoir comme lui se complaisent avant tout dans l'accomplissement de leur œuvre, et s'oublient eux-mêmes pour faire profiter les autres de leur science et de leurs vertus.

On ne cesserait de parler de l'homme, de sa bonté, du tour ingénieux de son esprit ; il est temps de parcourir pourtant les pages de ce catalogue, et de noter au passage les pièces maîtresses de son cabinet. Là, encore, nous tâcherons de faire parler le collectionneur lui-même, et de reproduire ses appréciations judicieuses, toujours empreintes d'une compétence si profonde. Quel éloge, en effet, vaudrait mieux que le sien ? Quelles recommandations auraient plus d'autorité que les siennes propres ?

Entrons résolument dans les détails, et signalons bien vite les plus exquises choses dans cette réunion de choses exquises ; parcourons rapidement ce catalogue, composé de plus de quatre cents numéros, et notons, dans chaque fabrication, les types exceptionnels. Ce sera chose aisée.

D'abord, les faïences de DELFT y brillent du plus vif éclat. On sent que le collectionneur s'est attaché avec passion à cette école, qu'il s'y est donné tout particulièrement.

Les échantillons à fond noir (nos 108 à 112) sont d'une réussite merveilleuse ; quant aux potiches à couverte olive (n° 114), ce sont des raretés de tout premier ordre.

Dans ce groupe, on se disputera aussi ces deux bouteilles, avec renflement au col (n° 158), dont le décor est si riche et consiste en crustacés, mollusques et hippocampes ; et ces deux autres, polychromes, rehaussées d'or, avec médaillons de personnages mythologiques (n° 161).

C'est à Rouen que je fus un jour assez heureux pour découvrir le remarquable saladier (n° 163) dont le décor d'oiseaux et de fleurs, entourant un groupe de femmes chinoises, est d'un effet si saisissant. Quelle joie pour Fétis et aussi pour moi ! « Ce saladier, déclarait-il, est superbe ! Voilà, à mon goût, les vraies faïences décoratives qui valent tous les Delft dorés. Si vous rencontrez jamais d'autres types de la même école, ne les laissez pas échapper. Non, vous ne vous figurez pas à quel point j'ai été heureux de cet envoi. »

Jamais je ne trouvai rien de pareil : faut-il le dire ? Un exemplaire absolument semblable fait partie du Musée céramique de Rouen, et M. Henri Havard a reproduit cette belle pièce dans son Histoire de la faïence de Delft, page 41.

ARNHEIM nous livre le secret de ses imitations savantes ou naïves, dans ces trois spécimens authentiques (nos 191, 192 et 193), dont l'un porte la marque « Au Coq chantant », dont la rareté est si grande. Les spécialistes les rechercheront.

Le groupe des faïences de BRUXELLES est de tous le plus consi-

dérable. Nous avons vu plus haut quel était le but de Fétis en le formant. Ici se place un regret, et je l'exprime en conscience, c'est qu'un tel ensemble soit divisé et n'ait pu entrer dans son intégrité au Musée royal d'antiquités de la porte de Hal. On a craint les répétitions, redouté les doubles; et c'est ce qui fait que nous verrons pour la première fois, sur le marché parisien, un si fort lot de spécimens variés de la célèbre fabrique de Mombaërs, le céramiste bruxellois. Que vont dire et faire nos grands amateurs, en présence de ces coqs géants (n° 195), de ces canards (n° 196), de ces soupières ou de ces terrines en forme de chou ou de citrouille (n° 199), dont la manufacture susdite est si prodigue?

On remarquera un grand plat ovale, à fond bleu pâle (n° 198), fait à l'imitation des rustiques figulines de Bernard Palissy, ainsi que la grande plaque rectangulaire (n° 194), signée Méry, *représentant* Énée et Achate arrivant dans les États de Didon et y rencontrant Vénus sous les traits d'une chasseresse. *C'est la reproduction d'un tableau de Pierre de Cortone, appartenant au Musée du Louvre.*

Tournai, *par ses faïences et ses porcelaines, est la première des usines de la Belgique : on connaît peu les premières, ou plutôt on les confond avec celles des manufactures voisines. Ceux que possède le démon de la pâte tendre auront de quoi le satisfaire; elle abonde. Le grand surtout de table (n° 369), sur lequel se dressent quatre dauphins soutenant une corbeille, avec ses bobèches, ses guirlandes de fleurs en relief et son décor polychrome, est l'une de ces pièces exceptionnelles qu'on ne saurait trop louer.*

Les assiettes à la marque de la « Tour d'or » présentent une infinie variété. L'une de ces assiettes (n° 368) provient du service du duc d'Orléans, Philippe-Égalité; elle a été peinte par Mayer, l'un des meilleurs décorateurs de Tournai, et figure dans l'Art ancien à l'Exposition nationale belge. *Une autre, celle qui porte le n° 367, est bien jolie avec ses emblèmes formés d'oiseaux, de mains unies et d'un cœur percé de flèches.*

*Si la Hollande et la Belgique devaient tenir le premier rang dans les préférences de Fétis, en raison même de la plus grande facilité qu'il trouvait à réunir des spécimens de leurs anciennes faïenceries, il n'eut garde d'oublier l'Italie, qui peut revendiquer le titre d'*alma parens *de la céramique.*

Turin *est représenté dignement par un plat (n° 271) en camaïeu bleu, avec sujet central :* Moïse sauvé des eaux. *Le diamètre de ce plat est de 47 centimètres; il porte l'inscription la plus complète, relatant le lieu d'origine, le nom du peintre et la date de la fabrication.*

PADOUE, VENISE, MILAN, URBINO, PESARO, *nous offrent également nombre d'excellents échantillons, capables de mériter l'attention des conservateurs de musée : beaucoup portent d'incontestables signatures ou de rares monogrammes.*

Citons, dans cette série, un curieux bassin ovale, à fond noir, de la fabrique de Faënza (n° 279), entièrement couvert de paysages, arbustes, oiseaux et personnages chinois, s'enlevant sur le fond et rehaussés de touches en manganèse : le revers, chose étrange, est décoré par le même procédé.

Au chapitre des faïences françaises, ROUEN *n'est point mal partagé.*

Le plat à décor bleu (n° 9) est l'un des types classiques du genre rayonnant : la symétrie en est parfaite.

Que dire de l'assiette (n° 15) à bordures d'arabesques noires, avec rosace centrale, sur fond ocré, sinon qu'avant d'appartenir à la collection **Fétis***, elle a fait partie de celle d'un amateur, deux fois connu par son flair exquis, Dupont-Auberville?*

Une autre rareté, celle-ci tout à fait insigne (n° 19), c'est l'assiette dite « à musique ». Voilà bien l'une de celles que recueillit un jour en bloc, à Rouen, notre vénéré maître, André Pottier, et qui passa par échange en d'autres mains, qui ne furent point avares de leur trésor, puisque, dès 1872, Fétis l'achetait chez un marchand parisien, M. Dubessy.

On sait que Rouen imita les bleus-lapis de Nevers. Le n° 20 est celui d'un pot à l'eau de ce genre très peu fréquent, et l'un des meilleurs de la fabrique de Guillibaud.

Il nous faut passer sur beaucoup de numéros non moins intéressants, et citer à la hâte cette fontaine de SINCENY *(n° 36), dont le décor polychrome de Chinois est si franchement original.*

A côté des Rouen, NEVERS *ne pâlit point et soutient sa vieille réputation, notamment au moyen de deux pièces d'élite : la grande potiche (n° 1) décorée de sujets mythologiques en camaïeu bleu, de dieux marins, d'enfants et de dauphins, et le magnifique plat (n° 8), de 45 centimètres, à fond bleu-lapis, revêtu d'un décor exceptionnel d'oiseaux et de fleurs en blanc fixe. On ne rencontre ni dans les collections, ni dans les musées, rien de supérieur à ces deux numéros.*

La petite fabrique si parisienne de SCEAUX *peut, sans conteste, revendiquer l'honneur d'avoir produit cette jolie garniture de toilette (n° 57), composée d'un pot à l'eau et de sa cuvette, forme rocaille, décor polychrome d'une minutieuse finesse, qui porte la marque O. P. Ces deux lettres ont fait le désespoir d'Albert Jacquemart; elles se dressaient comme un sphinx devant son érudition, soucieuse de précision, et demeurèrent pour lui inexpliquées. Il nous semble que la pâte, l'émail, l'application des couleurs, tous les caractères, convergent pour nous permettre d'attribuer à la fabrique privilégiée du duc de Penthièvre cette agréable composition d'un goût si français, j'allais dire si galant.*

SAINT-AMAND-LES-EAUX, *avec l'assiette à médaillon (n° 44), ornée d'un personnage dans le genre des Watteau;* NIDERWILLER, *avec celles décorées de paysages en camaïeu rose, peints en trompe-l'œil sur une carte blanche, clouée sur fond de sapin (n° 64), feront la joie des nombreux amis de l'art intime et familier, cher au XVIIIe siècle. On ne trouve plus ces spécimens-là dans le commerce; ils seront chaudement disputés.*

La grâce indécise de MOUSTIERS, *la splendeur des colorations de* MARSEILLE, *se retrouvaient aussi dans ce cabinet, où rien n'est oublié. L'admirable plat ovale, que celui qui montre (n° 86) des sujets mythologiques, avec cariatides et gaines dans le style de Bérain! C'est du Moustiers de la plus belle période.*

La soupière polychrome, avec vues animées de personnages, avec bord doré à dentelures (n° 76), dont le couvercle est surmonté et les anses formées de branchages et de fruits en haut-relief, donne la plus haute idée de notre céramique marseillaise.

Nous négligeons LUNÉVILLE, SAINT-CLÉMENT, STRASBOURG, *les poteries* ANGLAISES, *les faïences* ALLEMANDES, DANOISES *et* SUÉDOISES. *L'heure presse, il faut finir. D'autant plus que le groupe des* TERRES CUITES, *très important, nous fournit le souvenir d'une anecdote, que nous allons raconter à ceux de nos lecteurs qui auront eu la patience de nous suivre jusqu'ici.*

Un jour, Fétis me manda qu'il collectionnait les médaillons de Nini et les terres cuites de Renaud.

Les premiers sont introuvables en Normandie; il n'y fallait point penser. Quant au sculpteur Renaud, j'ignorais même son nom; jamais je n'avais rien vu de lui chez les marchands ou chez les amateurs. J'y songeais donc à peine. Sur ces entrefaites, un hasard heureux me met en présence de deux bustes signés de Renaud; ils sont à Rouen, chez une arrière-petite-fille de l'artiste, et ce sont précisément son portrait et celui de sa femme. Je me hâte de conclure l'affaire; ils partent pour Bruxelles, et la joie de Fétis est sans bornes. — « Je ressemble en vérité, ajoute-t-il, à ce personnage de féerie, qui ne pouvait faire un souhait sans le voir aussitôt accompli. Les deux bustes de Renaud sont exquis, et vous m'avez procuré l'un des plus vifs plaisirs de ma vie de collectionneur. On ne peut rien voir de plus simple, de plus personnel, de plus pénétrant comme justesse d'expression et de vérité. Quant à l'exécution, elle est parfaite. »

Ces deux bustes, avons-nous dit, sont ceux de Jean-Marie Renaud et de sa femme, Marie-Prudence Langibout. Ils sont décrits au n° 424 du présent catalogue. On remarquera que le sculpteur s'intitule membre de l'Académie de Liège, et cette mention fut pour Fétis une occasion de recherches dans les archives de cette localité : il avait eu connaissance qu'elles renfermaient divers mémoires de Renaud, et se proposait de tracer la biographie d'un artiste qu'il avait en estime supérieure et qu'il regrettait de voir si peu connu. Hélas! notre ami est mort trop tôt pour la glorification de Renaud. Encore un regret de plus à joindre à cette couronne de regrets que nous vouons à sa mémoire.

Et, maintenant, que le sort en est jeté, que cette collection amoureusement formée va se dissoudre et se désagréger, que dirons-nous, et faut-il nous en étonner et nous en plaindre ?

Ah! nous le comprenons, le sentiment amer de la peine, dans le cœur de la compagne sympathique et dévouée qui a partagé les joies du collectionneur, et qui souffre cruellement aujourd'hui de la séparation. Nous savons tous qu'au prix des plus grands sacrifices, Mme Fétis eût voulu qu'un musée se fût trouvé pour agréer, dans son intégralité, la collection de son regretté mari. Mais nous n'ignorons pas non plus combien ces combinaisons sont incertaines, combien elles sont pleines d'entraves et de difficultés : le bon vouloir et les dévouements sont impuissants à surmonter certains obstacles.

Que MM. Chevallier et Mannheim, ces intermédiaires aimables, prononcent donc en dernier ressort, et fassent beaucoup d'heureux pendant cette vente de trois jours! Les matériaux ne leur manqueront pas.

Comme l'a exprimé si excellemment un juge compétent, qu'on pourrait mettre au nombre des sept sages de la Curiosité, M. le baron Pichon, « une collection ne convient qu'à celui qui l'a formée. J'entends regretter souvent la vente de certaines collections. J'avoue que je partage rarement cette opinion. Une collection faite par un homme, et pour lui, convient bien rarement dans son entier à un autre homme. C'est le vêtement de l'esprit de celui qui meurt; il a été fait à sa mesure et non à celle des autres. Sa dispersion envoie à chacun le morceau qui lui convient le mieux[1]. »

GUSTAVE GOUELLAIN.

Rouen, mars 1887.

1. *Préface du Catalogue des collections de M. le comte de la Béraudière. Paris. 1885, Imprimerie de l'Art.*

DÉSIGNATION DES OBJETS

FAIENCES FRANÇAISES

Fabriques de Nevers.

1 — Grande potiche, sans couvercle, à décor de sujets mythologiques en camaïeu bleu; on voit représentés, à la partie inférieure du vase, les flots de la mer avec dieux marins, enfants et dauphins. Tradition italienne. Nevers de la première époque.

Haut., 38 cent.

N° 1.

2 — Potiche couverte, fond bleu de Perse, oiseaux et bouquets de fleurs en blanc fixe et jaune obscur.

Haut., 36 cent.

3 — Potiche couverte, fond bleu de Perse, oiseaux et bouquets de fleurs en blanc fixe et jaune orangé.

Haut., 31 cent.

4 — Petite potiche, fond bleu de Perse, oiseaux et fleurs en blanc fixe et jaune orangé.

Haut., 19 cent.

5 — Bouteille à col renflé au milieu et évasé à l'orifice, fond bleu de Perse, bouquets de fleurs en blanc fixe.

Haut., 28 cent.

6 — Deux assiettes, fond bleu de Perse, oiseaux et fleurs en blanc fixe.

N° 8.

7 — Deux bouteilles, fond bleu de Perse, sujets chinois en blanc fixe.

Haut., 24 cent.

8 — Grand plat, fond bleu de Perse, riche décor d'oiseaux, de branchages et de fleurs, en blanc fixe.
(Pièce exceptionnelle.)

Diam., 45 cent.

Fabriques de Rouen.

9 — Grand plat, à riche décor bleu, bordure à lambrequins et pendentifs ; au centre, une rosace.

[illegible]

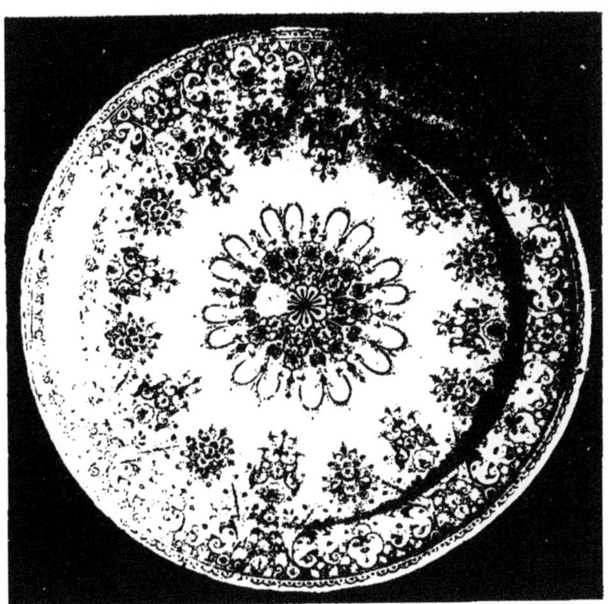

N° 9.

10 — Grand plat à décor bleu, riche bordure à pendentifs, au centre, une rosace ornementale.

Diam., 57 cent.

11 — Grande cuvette ovale, à anses cordées, décor de lambrequins en bleu et rouille.

Diam., 58 cent. sur 28 cent.

12 — Seau à anses, décor polychrome de lambrequins.

Diam., 20 cent.; haut., 15 cent.

13 — Compotier octogone, décor de lambrequins et cul-de-lampe en bleu et rouge vif, avec quelques touches de jaune opaque. Marque G. B.

(Vente Delaunay.) Exposition universelle de 1867.

14 — Compotier octogone, à réserves découpant huit arcades; au centre, une étoile entourée d'une guirlande de fleurs; décor bleu et rouge.

N° 15.

15 — Assiette, à bordure fond jaune ocré, relevée d'un niellé noir; au centre, un médaillon de même couleur à rosace et arabesques; filet, denticules et fleurons bleus.

Très rare. — (Collection Dupont-Auberville.)

16 — Assiette, entièrement recouverte d'un paysage chinois, animé de personnages, décor polychrome.

17 — Assiette à sujet chinois polychrome; sur le marli, ornements et les armoiries de Bernard, seigneur d'Avernes et de Courmenil (Normandie).

18 — Console de forme rocaille, à décor polychrome; au centre, *Danaé recevant la pluie d'or.*

Haut., 26 cent.

19 — Assiette à bordure fond bleu coupée par des cartouches présentant un semis de fleurs; au centre, air noté, paroles et musique (assiette musicale d'André Pottier.) Exposition du Trocadéro, 1878.
(Voir la *Céramique musicale*, par M. Gouellain.)

N° 19.

20 — Pot à eau couvert et sa cuvette, fond bleu lapis, bordure à quadrillés; bouquets de fleurs polychromes sur la panse du pot et au centre de la cuvette. Fabrique de Guillibaud.

21 — Plat ovale à bord festonné, décor dit : à la corne.

Diam., 44 cent. sur 32 cent.

22 — Plat rond à bord festonné, décor dit : à la corne tronquée. Marque P. D.

Diam., 39 cent.

23 — Plat à barbe, même genre de décor. Marque D.

Diam., 35 cent. sur 28 cent.

24 — Plat rond à bord festonné, décor dit : au carquois ; au revers, la signature du peintre Gardin.
(Vente Lepoitevin.)

Diam., 34 cent.

25 — Porte-montre, décor polychrome, motifs rocaille et femme caressant un lion.

Haut., 28 cent.

26 — Lion assis, décor polychrome.

Haut., 23 cent.

27 — Théière ornée de paysages et de papillons en camaïeu rose. Fabrique de Levavasseur. Imitation des faïences de Niederviller.

28 — Soupière polychrome, décor dit : à la corne.

29 — Assiette, décor bleu sur le marli ; au centre, une armoirie en bleu. Marquée M.

30 — Porte-huilier ovale à trois petits pieds et deux oreilles placées aux extrémités, décoré de fleurs ornementales et rinceaux en réserve sur fond bleu. (Collection Pascal.)

31 — Saladier hémisphérique décoré de bleu rehaussé de noir : au fond, dans un paysage, sainte Catherine couronnée par un ange et accompagnée des instruments de son martyre : au-dessous, l'inscription : *Catherine Le Doux 1740*. Au pourtour, riche bordure à lambrequins.
(Vente Pascal.)

Diam., 33 cent.

32 — Sucrière en forme de balustre, à couvercle en dôme, ajouré et jouant sur un pas de vis, décoré en bleu de lambrequins et pendentifs : au culot, de faux godrons ornementés alternativement sur fond bleu et sur fond blanc.
(Vente Pascal.)

33 — Pot à eau, décor dit : à la corne, avec son couvercle. Marque G.

34 — Assiette polychrome, décor dit : au carquois. Marque B B.

35 — Assiette, riche décor polychrome, époque de Louis XIV; marli à petits lambrequins; au centre, grande rosace enfermant un oiseau.

(Vente Lefrançois.)

Fabrique de Sinceny.

36 — Fontaine à décor polychrome de Chinois. Marque à l'S.

Haut., 47 cent.

37 — Bannette octogone oblongue, à anses rectangulaires, bordure à quadrillés coupés par des cartouches décorés de fleurs; au centre, sujet chinois. Marque B.

42 cent. sur 28 cent.

38 — Tonnelet à double compartiment, décor polychrome de fleurs.

39 — Pot à eau polychrome, décor au chardon, riche couvercle en argent repoussé.

Haut., 25 cent.

40 — Soupière ovale, dont le couvercle est surmonté d'un serpent enroulé, décor polychrome, motifs rocaille, oiseaux, fruits et fleurs. Marque à l'S.

41 — Corbeille dont le bord en imitation de vannerie, couleur jonquille, est orné de feuillages et de fleurettes en relief; au centre, sujet polychrome, encadré d'une bordure.

Diam., 27 cent.

Fabrique de Lille.

42 — Assiette: au centre, couronne de motifs rocaille; dans le haut, deux amours soutenant une banderole sur laquelle est écrit: MAITRE DALIGNÉ; motifs rocaille et insectes sur le marli; au revers, dans un médaillon surmonté de la couronne royale, on lit: LILLE, 1767. (Baron Davillier.)

N° 42.

43 — Assiette aux cartes, décor polychrome, signée: LILLE. (Collection Hamilton.)

Fabrique de Saint-Amand-les-Eaux.

44 — Assiette à médaillon, représentant un personnage assis, vu de dos, dans un paysage, genre Louis Watteau; au revers, le chiffre des Fauquet.

(Vente Lejeal.)

45 — Assiette bleutée: au centre, fleur et feuillages en bleu; marli à rehauts blancs.

46 — Deux assiettes; au centre et sur le marli, fleurs, fruits et papillons polychromes avec rehauts blancs.

47 — Assiette du même genre, une seule fleur au centre.

48 — Plat à bordure de fleurs, en épais rehauts blancs; au centre, paysage en camaïeu bleu.

Diam., 34 cent.

49 — Plat ovale, à rehauts blancs; au centre, sujet maritime, en camaïeu bleu.

Diam., 37 cent. sur 30 cent.

50 — Encrier à rehauts blancs, fleurettes en bleu.

51 — Assiette en terre de pipe, décor polychrome de fleurs et d'oiseaux; au revers, le chiffre des Fauquet.

52 — Pot à eau couvert, décor de fleurs polychromes.

Haut., 24 cent.

53 — Assiette; au centre, bouquet polychrome de roses et d'œillets; sur les bords, trois bouquets détachés; au revers, le chiffre des Fauquet.

54 — Assiette; au centre, paysage, camaïeu manganèse, le marli semé de fleurettes, blanc sur blanc.

55 — Saucière, décor polychrome de fleurs.

Fabrique de Sceaux.

56 — Deux assiettes, genre Marseille, à bord en chicorée, avec déchiquetures en bleu; au pourtour, fleurs jetées; au centre, dans une guirlande de fleurs, paysages avec personnages.

Période de Glot.)

57 — Pot à eau et sa cuvette, forme rocaille, décor polychrome très fin, composé de sujets galants. Marqué sous la cuvette : O. P, et

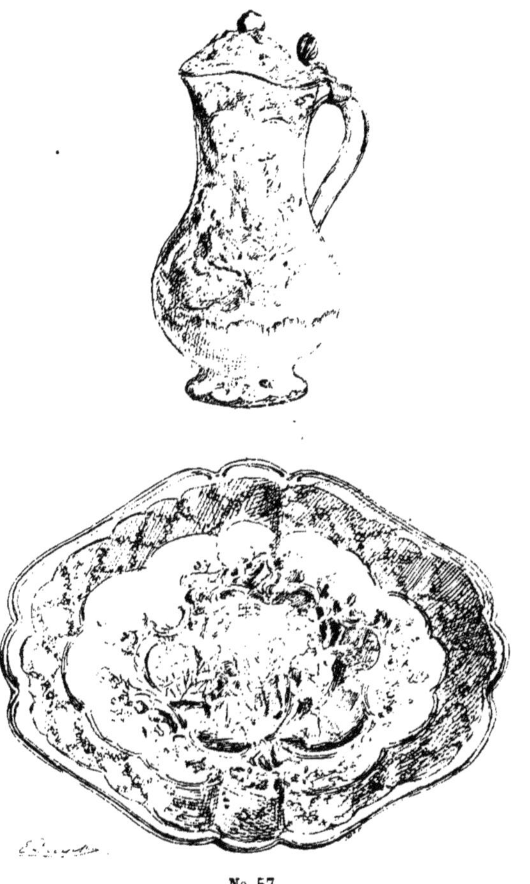

N° 57.

plus bas : A. PINXITE (*sic.*) — (Pièce exceptionnelle.)

34 cent. sur 31 cent.

Fabrique d'Aprey.

58 — Assiette à bord lobé, décor de bouquets de fleurs. Marque A. P. en monogramme.

Fabrique de Saint-Omer.

59 — Assiette, décor en camaïeu violet, de paysages et de personnages chinois. Marque N . P.
2

60 — Assiette fond bleu lapis, décor de fleurs en blanc fixe. Genre Nevers.

Fabrique de Niederwiller.

61 — Soupière ronde, décor polychrome de fleurs, le couvercle surmonté d'un groupe de légumes, en haut-relief. Marque B. N. en monogramme. Niederwiller, période du baron de Beyerlé.

Haut., 27 cent.

62 — Porte-montre polychrome de style rocaille, même fabrique et même époque du baron de Beyerlé.

Haut., 29 cent.

63 — Seau de style rocaille, même fabrique et même époque.

Haut., 16 cent.; diam., 17 cent.

64 — Trois assiettes à fond imitant les veines du bois ; au centre, paysage en camaïeu rose sur carte trompe-l'œil. Même fabrique, période du comte de Custine. Datées sous le paysage : Niederwiller, 1774. Elles seront vendues séparément.

65 — Coupe, paysage en camaïeu rose, même fabrique et même époque.

Diam., 21 cent.

66 — Petite console polychrome de style rocaille (peut-être Strasbourg ?)

Fabrique de Lunéville.

67 — Grand groupe en faïence polychrome, rehaussé d'or : *Bélisaire mendiant*, par Cyfflé.

Paul Cyfflé, ordinairement désigné par le prénom Louis, est né à Bruges, où il fut baptisé le 6 janvier 1724. Il passa la plus grande partie de sa vie en Lorraine et y composa les charmants groupes et statuettes qui ont fait sa réputation. Après la mort de Guibal, il obtint le titre de sculpteur ordinaire du roi de Pologne (Stanislas). Il mourut à Ixelles, le 24 août 1806.

Haut., 35 cent. sur 32 cent.

68 — Encrier de style rocaille, avec porte-montre et bobèches, le couvercle surmonté d'un Chinois couché.

Haut., 28 cent. sur 30 cent.

69 — Deux assiettes, animaux dans un paysage, décor polychrome.

70 — Assiette, décor polychrome : Invalide dans un paysage.

Fabrique de Saint-Clément.

71 — *Le Baiser donné*, groupe d'après Houdon ; les bustes, en terre de Lorraine, sont fixés sur une colonne cannelée, blanc et or, en faïence de Saint-Clément.

Haut., 26 cent.

72 — Vase Louis XVI, blanc et or, avec bouquets et guirlandes de fleurs polychromes.

Haut., 26 cent.

73 — Pot à eau couvert et sa cuvette, blanc et or.

Haut., 32 cent.

74 — Plateau, blanc et or.

37 cent. sur 25 cent.

75 — Grand groupe en terre de Lorraine : *le Savetier et la Ravaudeuse*, par Cyfflé.

Haut., 47 cent. sur 32 cent.

Fabriques de Marseille.

76 — Soupière polychrome, décor de vues animées de personnages, bord doré à dentelures, couvercle surmonté et anses formées de branches et de fruits en haut-relief.

Haut., 29 cent.; diam., 25 cent.

77 — Plat long, fond jaune, réserves avec emblèmes maçonniques. Au revers la marque VP.
(Ve Perrin.)

36 cent. sur 24 cent.

78 — Assiette découpée et à fine bordure d'or; au pourtour, des fruits polychromes; au centre, paysage avec personnages. Fabrique de Robert.

79 — Assiette, bordure ajourée; au centre, fruits et fleurs. Marque VP.
(Ve Perrin.)

80 — Plat, fleurs polychromes.
(Ve Perrin.)

Diam., 30 cent.

81 — Assiette polychrome : matelots attablés.

82 — Assiette à bord marbré; au centre, une rose. Marque P.

83 — Assiette polychrome du service dit décor aux poissons.

84 — Tasse à anse et soucoupe, à décor de fleurs, avec ornements rocaille dorés. Marque VP.
(Ve Perrin.)

85 — Corbeille ajourée polychrome; aux deux faces, motif de paysage avec personnages. Très fin.

Haut., 7 cent.; diam., 23 cent.

Fabriques de Moustiers.

86 — Grand plat ovale encadré, riche bordure de lambrequins, de vases, alternant avec des bustes de femmes; le fond entièrement garni de sujets mythologiques, avec cariatides et gaines dans le style de Bérain; décor bleu.

(Pièce exceptionnelle.)

57 cent. sur 42 cent., sans le cadre.

N° 86.

87 — Assiette, bordure à guirlandes; au centre, médaillon représentant Cérès; décor polychrome. Marque P.O.L en monogramme.

(Attribuée à Olery.)

88 — Écuelle à bouillon, à anses plates, riche décor polychrome de guirlandes de fleurs et de médaillons renfermant des scènes mythologiques. Sur le bouton du couvercle, un buste de guerrier. Marque P.O.L.

(Pièce exceptionnelle.)

Haut., 27 cent. sur 11 cent

89 — Assiette, décor polychrome dit à grotesques.

90 — Plat octogone, style de Bérain, à décor bleu.

41 cent. sur 35 cent.

91 — Plat octogone, à bord découpé; au centre, un guerrier entouré de cariatides, de figures et d'ornements dans le style de Bérain: décor bleu.

44 cent. sur 22 cent.

92 — Grand plat ovale, bordure à guirlandes: au centre, grand médaillon renfermant des scènes d'enfants dans un paysage; décor polychrome.

Diam., 38 cent. sur 50 cent.

N° 88.

93 — Assiette, bordure à guirlandes: au centre, médaillon représentant une jeune femme à la fontaine; décor polychrome. Marque P. O. L. en monogramme.

94 — Grande plaque polychrome, nombreux personnages guerriers dans un paysage.
(Collection Hamilton.)

40 cent. sur 35 cent.

95 — Aiguière en forme de casque, décor genre Bérain, en camaïeu bleu.

Haut., 25 cent.

Fabrique de Strasbourg.

96 — Saucière en forme de barque, avec le batelier au gouvernail. Période de Paul Hannong.

Haut., 17 cent. sur 24 cent.

97 — Bassin ovale à bord festonné, décor de fleurs. Période de Joseph Hannong.

Diam., 31 cent. sur 24 cent.

98 — Assiette, même genre de décor. Même époque. Monogramme de Joseph Hannong.

99 — Assiette à sujet chinois polychrome. Même époque. Monogramme : H 39

100 — Vase brûle-parfums : la panse à renflement, décorée de semis de fleurs avec étoiles ajourées ; le couvercle repercé à jour.

Haut., 21 cent.

101 — Assiette garnie de quartiers d'œufs durs en relief, bouquets de fleurs sur le marli ; décor polychrome.

102 — Vase brûle-parfums de style rocaille, riche décor d'ornements et de bouquets de fleurs polychromes. Marque H 1047.

Haut., 23 cent.

103 — Assiette, décor polychrome ; au centre et au marli, bouquets de fleurs.

Fabriques diverses.

BAILLEUL

104 — Beau broc, portant la date de 1717 et ces inscriptions : *Domus Austriaca Altior luna* ✕ *Fortior Austriaca Nulla Domus. Nec* ✕ *laude* ✕ *pluribus* ✕ *impar* ✕ *cui lumen dispar : generosus*

princeps Eugenius ad Cesarem. Sur la panse, à godrons, se détache en relief l'aigle impériale, flanquée des deux côtés d'un lion héraldique et des noms : St F. WYNNEEL + M. I. NOEL. Au bas de la panse, un croissant et les mots : *D. anck G. (att) Turck is verslegen.* Le décor est complété par des semis de bouquets et d'oiseaux. Sur le couvercle, en faïence, un Amour offrant un cœur. Anse torsadée.

(Vente Minard.)

Haut., 27 cent.

AVIGNON

105 — Très élégante salière triangulaire en terre brune vernissée.

Haut., 10 cent. sur 15 cent.

LONGWY

106 — Buste du général Bonaparte en terre de pipe. Signé en creux, dans la pâte : *Longwy.*

Haut., 32 cent.

107 — Plat de forme ovale, la bordure dentelée, ornée de palmes en relief ; au centre, saint Laurent devant un autel décoré en bleu. Fabrique du Midi (?).

Diam., 34 cent. sur 31 cent.

FAIENCES DE DELFT

108 — Deux assiettes, fond noir, paysage chinois ; coloration jaune et verte.

N° 109.

109 — Assiette, fond noir, paysage chinois polychrome.

N° 110.

110 — Théière côtelée, avec médaillon plat sur chaque face, fond noir, décor de paysages, oiseaux et fleurs polychromes. Marque VE.

Haut., 15 cent.

111 — Plaque ovale, fond noir, décor polychrome d'arbustes, fleurs et oiseaux. 25 cent. sur 20 cent.

N° 111.

112 — Monture de brosse, fond noir, décor de fleurs.

113 — Lion couché. Le globe que le lion tient dans ses griffes et le socle sont en émail noir et décorés d'ornements polychromes; le corps du lion est polychrome sur émail blanc. Marque 4. S en jaune sous la pièce. Haut., 17 cent.

N° 114.

114 — Deux potiches couvertes, décor jonquille de fleurs et d'oiseaux, fond vert olive. Marque LVD. (Pièces exceptionnelles.) Haut., 25 cent.

115 — Canette montée en étain, décors de fleurs en blanc fixe sur fond bleu. Imitation de Nevers. Marque dans la pâte

Haut., 20 cent.

116 — Bol décoré, à l'extérieur, de lambrequins quadrillés sur fond rouge à réserves d'ornements; dans les intervalles, des coqs dan une couronne; décor à l'intérieur, rochers et fleurs.
(Collection du Dr Mandl.)

Diam., 23 cent.

117 — Deux bassins ovales et cannelés, décor dit : au tonnerre. Marque WK.

Diam., 30 cent. sur 26 cent.

118 — Aiguière en forme de casque, décor polychrome de fleurs et d'oiseaux. Marque en bleu : ROOS.

Haut., 23 cent.

119 — Pot à surprise, décor chinois en camaïeu bleu.
(Gravé dans : *l'Histoire de la faïence de Delft*, par H. Havard, planche XXIV.)

Haut., 23 cent.

120 — Bouteille avec renflement au col, décor cachemire. G : XII 7 St (7 Stuivers).
(Pièce citée par M. Havard, p. 147.)

Haut., 23 cent.

121 — Petite soupière ovale, fond vert, fleurs polychromes dans des réserves.
(Reproduite dans l'ouvrage de M. Havard, fig. 44, p. 99.)

Haut., 21 cent.

122 — Bouteille à dos plat, riche décor d'ornements polychromes; à la partie postérieure, oiseaux et fleurs. Gravé dans les Faïences de Delft de M. Havard, p. 274.) Marque ROOS, fabrique de la Rose.

Haut., 28 cent.

123 — Théière avec son fourneau, décor d'ornements et de scènes champêtres, en camaïeu bleu. (Gravée dans *l'Histoire de la faïence de Delft*, de M. Havard, p. 358.) Décorée par Geertruy Verstelle. Marque G v S.

Haut., 35 cent.

124 — Deux bouteilles avec renflement au col, décor japonais, en camaïeu bleu, avec marque.

Haut., 23 cent.

125 — Saucière de forme rocaille, décor en camaïeu bleu. Marque W v D B (Élisabeth Elling).

N° 122.

126 — Boite à thé, à double paroi; la paroi extérieure est réticulée; décor en camaïeu bleu.

(Vente de La Villestreux.)

Haut., 18 cent.

127 — Petite boite à thé, décor cachemire. Marque en bleu.

Haut., 8 cent.

128 — Boite à thé côtelée, décor en camaïeu bleu ; sur chaque face, médaillon plat, orné d'armoiries et de chiffres.

Haut., 12 cent.

129 — Boite à thé cannelée, décor polychrome avec médaillon plat sur chaque face, fleurs et ornements.

Haut., 12 cent.

N° 123.

130 — Monture de brosse, riche décor, en camaïeu bleu, d'ornements et d'oiseaux.

131 — Monture de brosse, polychrome, rehaussée d'or. Cette pièce, de forme ovale, est richement décorée, sur le bord, d'ornements en style Louis XV. Sur le plat, jeune femme en costume du XVIIIe siècle.

132 — Deux beurriers, décor d'ornements polychromes; dans les intervalles, sujets européens, en camaïeu bleu, très fins; à l'intérieur, la date **1755**.

133 — Deux moutardiers polychromes, rehaussés d'or; décor de paysages avec personnages, très fin.

Haut., 9 cent.

134 — Deux cuillers dans un écrin, décor rose, bleu et or.

135 — Deux tasses couvertes et leurs soucoupes, décor japonais, rehaussé d'or.

(Pièces rares, réputées uniques.)

Marque A. P. K. (Vente de La Villestreux.)

Haut., 12 cent.

136 — Cendrier porté, bordure à quadrillés et réserves de fleurs, rosace au centre, fond violet.

137 — Soucoupe, fond bleu turquoise, décor jonquille de fleurs.

138 — Assiette décorée au centre d'une tête de Méduse, camaïeu bleu.

139 — Petite potiche, décor chinois sur fond vert.

Haut., 16 cent.

140 — Petite bouteille, décor polychrome de fleurs.

Haut., 13 cent.

141 — Plaque décorée d'un paysage en camaïeu bleu.

25 cent. sur 23 cent.

142 — Plaque encadrée, paysage en camaïeu bleu.

21 cent. sur 14 cent., sans le cadre.

143 — Assiette polychrome, entièrement recouverte de branchages, de fleurs et d'oiseaux.

144 — Assiette polychrome; au centre, panier rempli de fleurs; bouquets sur le marli.

145 — Assiette polychrome, à bord déchiqueté, ornements sur le marli ; au centre, bouquet de fleurs.

146 — Assiette polychrome, bordure filigranée, fleurs de style chinois au centre.

147 — Assiette, fond jaune, fruits et fleurs dans des réserves, datée 1770.

148 — Assiette, décor de fleurs et d'ornements, en camaïeu bleu. Marquée : *Roos*.

149 — Quatre assiettes, fond vert, décor de fleurs et de personnages.

150 — Assiette, sujet central : *le Christ et la Femme adultère*, en bleu : le marli sans décor.

151 — Assiette de pommes, décor de fleurs sur le marli.

152 — Plaque octogone polychrome, vase d'où s'échappent des fleurs. Marque D.

31 cent. sur 32 cent.

153 — Bougeoir en forme de feuille, décor bleu, la bobèche bordée de jaune.

154 — Présentoir, décor polychrome de fleurs et d'oiseaux, fabrique de la Rose.

Haut., 5 cent.

155 — Petite théière, fond bleu ardoisé.

156 — Deux sabots, décor polychrome.

157 — Moutardier, décor polychrome d'ornements, de fleurs et d'oiseaux.

Haut., 14 cent.

158 — Deux bouteilles avec renflement au col, décor camaïeu bleu ; dans des réserves, crustacés, mollusques, hippocampes. (Pièces exceptionnelles.) Marque AK N O · I I.

Haut., 32 cent.

159 — Plateau, décor symétrique, camaïeu bleu; au centre, sujet allégorique. Marque K.

Diam., 35 cent.

160 — Grande plaque polychrome, bordure cachemire avec réserves au centre; riche décor d'oiseaux, de branchages et de fleurs. (Très fine.)

Haut., 37 cent. sur 32 cent.

N° 158.

161 — Deux bouteilles, riche décor polychrome *rehaussé d'or;* au centre, médaillons ; dans un cartouche, personnages, en camaïeu bleu, sujets mythologiques. (Très fines.)

Haut., 30 cent.

162 — Assiette. Chinois en bleu sur fond blanc. Marque de Samuel van Emhorn.

163 — Grand saladier, riche décor polychrome ; au centre, femmes chinoises, dans un motif de fleurs, d'oiseaux et d'ornements. Le même au musée de Rouen. (Voir l'ouvrage de Havard, p. 41, où ce saladier se trouve gravé.)

Diam., 39 cent.

164 — Assiette polychrome, riche décor d'ornements, de fleurs et d'oiseaux rehaussés d'or. Marque A. P. K.

165 — Deux chats, camaïeu bleu. Marque P.

Haut., 20 cent.

166 — Boite à thé : la paroi extérieure est réticulée ; décor en camaïeu bleu.

167 — Assiette, décor rouennais; au centre, médaillon, avec date de *1755* et l'inscription suivante : *Hetwelvaere van Peetje aefie.*

168 — Assiette polychrome, à rehauts d'or, aux armes de Frédéric II. (Voyez Havard, p. 198.) Marque en rouge : A. P. K.
(Vente A. Milet.)

169 — Deux petits plateaux polychromes, à rehauts d'or, au centre, moutons dans un paysage.
Diam., 25 cent. sur 18 cent.

170 — Cafetière en forme de singe, décor camaïeu bleu, avec marque et date de *1752*.
Haut., 18 cent.

171 — Grand plat, riche décor chinois, en camaïeu bleu, avec marque.
Diam., 49 cent.

172 — Assiette représentant un moulin en bleu sur fond blanc, le marli sans décor.

173 — Magot, décor en camaïeu bleu.

174 — Tableau en carreaux de Rotterdam, représentant : *Duke of Schomberg*, sur un cheval se cabrant : camaïeu violet.
Haut., 54 cent. sur 39 cent.

175 — Crachoir, décor camaïeu bleu, représentant un sujet patriotique. Cette pièce a été faite à l'occasion de la nomination de Guillaume IV au stathoudérat, ainsi que l'indique l'inscription.

176 — Deux assiettes, imitation du Japon, décor camaïeu bleu.

177 — Petit plateau, décor de marine, camaïeu bleu.
25 cent. sur 21 cent.

178 — Petite grenouille, décor polychrome.

179 — Assiette polychrome, décor de fleurs et de perroquet.

180 — Plaque représentant un oiseau dans une cage entourée d'une draperie, décor polychrome.

181 — Plat rond, décoré en polychrome de cartes jetées.

182 — Statuette représentant une dame en costume Pompadour, riche décor polychrome.

Haut., 45 cent.

183 — Assiette, décor polychrome de grues volant.

184 — Compotier, fond vert, fleurs polychromes dans des réserves.

185 — Petit vase, fond jaune, bouquets de fleurs polychromes. Marque C P K.

N° 186.

186 — Deux bouteilles côtelées, de forme élégante et richement décorées d'oiseaux, de feuillages et de fleurs polychromes, rehaussés d'or.

(Pièces exceptionnelles.) Marque A. P. K.

Haut., 28 cent.

187 — Plat, décor au dragon.

188 — Deux narghilés représentant des crapauds, décor bleu de Chinois dans des paysages.

189 — Assiette; au centre, corbeille fleurie polychrome; au pourtour, cinq corbeilles semblables.

190 — Plat creux à décor bleu de style japonais, paysages et personnages.

Faïences d'Arnheim.

191 — Corbeille de forme rocaille, bord ajouré; au centre, sujet galant. Marque au Coq chantant.

Haut., 13 cent.

192 — Soupière de forme rocaille, décor d'oiseaux et d'animaux, en camaïeu rose; le couvercle est surmonté d'un groupe de légumes polychromes.

Haut., 30 cent.; diam., 32 cent.

193 — Petite soupière de forme rocaille, décorée de paysages en camaïeu bleu; groupe de légumes en haut-relief sur le couvercle.

Haut., 20 cent.; diam., 26 cent.

FAIENCES DE BRUXELLES

L'histoire de la fabrication de la faience à Bruxelles est encore à écrire. mais on peut en établir les principaux jalons à l'aide des indications suivantes, puisées à des sources officielles. Au milieu du XVIIe siècle, vers 1653 ou 1654, plusieurs fabricants, entre autres Jacques Van Haute et Jean Symonet. introduisirent dans cette ville la fabrication d'une *porcelaine* imitant celle de Hollande ; il s'agit ici, évidemment, d'une faience imitant celle de Delft et dont les spécimens, en effet, se rencontrent à Bruxelles si nombreux, qu'il faut renoncer à les considérer comme des produits importés de l'étranger.

Au commencement du XVIIIe siècle. Corneille Mombaerts et Thierry Witsembergh établirent, hors de la porte dite du Rivage ou du Canal, une fabrique de porcelaine, ou plutôt de faience, dont la première pierre fut posée par le premier bourgmestre avec un certain apparat, le 12 mai 1705, et qui subsista longtemps. On en rencontre parfois de beaux échantillons, qui ont conservé, parmi les amateurs, le nom de Mombaerts. On regarde, comme provenant de Bruxelles, ces couveuses, ces oiseaux de tout genre, qui se rencontrent dans la plupart des collections. La fabrique de Mombaerts a été continuée jusqu'à nos jours par les Artoisenet et les Morren, et a laissé une bonne réputation. L'ancienne faience bruxelloise est belle, d'un bon usage et très recherchée : ce qui la distingue plus particulièrement, c'est la qualité de la couverte, qui résiste parfaitement à la chaleur et au frottement.

Note de M. Frédéric Fétis.

194 — Grande plaque polychrome, signée : MÉRY. *Énée et Achate, arrivant dans les États de Didon, rencontrent Vénus sous les traits d'une chasseresse.* Cette plaque reproduit une composition de Pierre de Cortone, du musée du Louvre n° 69, catalogue Both de Tuzia. En creux dans la pâte, au revers :

Pièce exceptionnelle.

Haut., 62 cent.; larg., 93 cent., sans le cadre.

195 — Deux grandes terrines polychromes, en forme de coq.
(Gravées dans *l'Art ancien à l'Exposition nationale belge*, p. 369, par Camille de Roddaz.)

Haut., 40 cent. sur 42 cent.

196 — Grand canard polychrome formant terrine.

Haut., 34 cent.

197 — Carpe couchée, formant boite. Le couvercle est surmonté d'un reptile.

Long., 48 cent.

N° 195.

198 — Grand plat ovale, fond bleu pâle. Sur la bordure : plantes, coquilles, lézards, papillons, écrevisses, grenouilles et poissons ; dans un ilot central, trois grenouilles entourées de coquilles ; quatre poissons nagent au pourtour. Imitation des rustiques de Bernard Palissy.
(Gravé dans *l'Art ancien*, de Roddaz, p. 374.)

Diam., 48 cent. sur 37 cent.

199 — Grande soupière polychrome, en forme de citrouille, avec plat.

Haut., 30 cent.

200 — Figure grotesque polychrome, ayant probablement servi d'enseigne. Marque K, surmonté d'une fourche.

Haut., 48 cent.

201 — Terrine en forme de melon. Marques K Z, avec une fourche, à l'intérieur du couvercle, et K. L., avec une fourche, sous la pièce.

Haut., 23 cent. sur 45 cent.

N° 198

202 — Canette, décor polychrome d'oiseaux et de fleurs. Genre Sinceny.

Haut., 20 cent.

N° 199

203 — Canard formant boite, décor polychrome.

Haut., 29 cent.

204 — Deux beurriers, en forme d'oiseau, décor polychrome.

Haut., 19 cent.

205 — Terrine en forme de hure de sanglier.

Haut., 20 cent. sur 41 cent.

206 — Beurrier représentant une courge posée sur une feuille. Marque K.

(Gravé dans *l'Art ancien*, de Roddaz, p. 372.)

207 — Terrine en forme de chou, surmontée d'une fleur de nénuphar.

Haut., 22 cent.

208 — Grand surtout de table, avec salières au pourtour. Décor symétrique à broderies dans le style de Rouen; cul-de-lampe au centre, camaïeu bleu. Marque B.

(Pièce importante.)

Diam., 65 cent. sur 19 cent.

209 — Soupière ovale, même genre de décor que la pièce précédente. Le couvercle est surmonté d'un artichaut coloré en vert. Marques ✠. N sous la pièce et I B à l'intérieur du couvercle.

Haut., 21 cent. sur 39 cent.

210 — Soupière avec son plat, de même forme que la précédente, mais portant, au lieu de l'ornementation rouennaise, un décor polychrome de branches fleuries et d'insectes.

211 — Grande soupière polychrome, décor genre Rouen. Elle porte l'inscription suivante : *Brussel, le 15 novembre 1746*, P. MOMBAERS.

Haut., 28 cent. sur 45 cent.

212 — Réchaud destiné à allumer les pipes, même décor.

Haut., 14 cent.

213 — Terrine et son plat figurant un chou.

214 — Soupière avec son plat, en forme de chou. Le bouton du couvercle représente un chien.

215 — Compotier rempli de citrons, formant boite.

N 208

216 — Petit encrier en forme de commode, décor polychrome.

217 — Encrier du même genre, surmonté d'un perroquet.

218 — Deux consoles d'applique, en blanc émaillé.

Haut., 20 cent. sur 21 cent.

219 — Plat ovale à bords chantournés, décor polychrome de fleurs.

Diam., 37 cent. sur 32 cent.

220 — Plat ovale décoré, en polychrome, d'oiseaux et d'insectes. Marque H.

Diam., 33 cent. sur 26 cent.

221 — Terrine en forme de chou, décor polychrome.

222 — Encrier, décor rouennais, à lambrequins et guirlandes en camaïeu bleu. Marque L H.

Haut., 9 cent. sur 24 cent.

223 — Deux consoles polychromes, riche décor de vautours et fruits en haut-relief. A l'intérieur, la marque B.

Haut., 22 cent. sur 19 cent.

224 — Petite soupière polychrome, feuillages et raisins en relief.

225 — Cafetière polychrome imitant l'écorce du bois, avec glands de chêne en relief.

Haut., 23 cent.

226 — Soupière, bleu sur blanc; le bouton du couvercle représente un lion. Marque W D.

Haut., 25 cent.

227 — Sucrière en blanc émaillé.

228 — Surtout de table, sur lequel se dressent quatre cariatides soutenant une corbeille; décor polychrome de fleurs et fleurettes.

Haut., 20 cent. sur 26 cent.

229 — Carotte, décor polychrome.

230 — Deux artichauts émaillés vert.

231 — Canard en blanc émaillé.

Haut., 29 cent. sur 32 cent.

232 — Corbeille ajourée en blanc émaillé, décor d'armoirie polychrome (?).

Diam., 26 cent.

233 — Plat décoré en bleu et jaune d'un papillon, d'un oiseau et de vases d'où s'échappent des fleurs. Faïence flamande, localité indéterminée.

Diam., 34 cent.

234 — Aiguière en forme de casque, avec sa cuvette; décor rocaille en camaïeu violet. Bruxelles.

Haut., 29 cent.; diam., 45 cent.

Faïence de Tervueren.

Charles-Alexandre, duc de Lorraine et de Bar, gouverneur général des Pays-Bas pour l'impératrice Marie-Thérèse, installa dans le parc de son château de Tervueren, sa résidence habituelle, à trois lieues environ de Bruxelles, un atelier céramique qu'il dirigeait en personne et dont l'existence est constatée pour la première fois en 1767. Les documents officiels de l'époque ne font aucune mention de cet établissement princier, qui ne livrait rien au commerce et n'était pas assujetti aux règlements industriels ordinaires. On sait seulement qu'il disparut en 1780, après la mort de son fondateur. Le matériel servant à la fabrication fut vendu publiquement à Tervueren, le 23 avril 1781.

Le petit nombre de pièces connues de cette faïence rarissime ressemblent aux terres émaillées de la Lorraine, où le prince avait recruté son personnel d'artistes et d'ouvriers, entre autres le peintre Kætzel. Elles en diffèrent néanmoins par des formes plus sévères, une coloration moins gaie et l'emploi de données décoratives qui étaient en vogue en Belgique à la fin du siècle dernier, par exemple les guirlandes de fleurs en haut-relief, relevées à leurs extrémités. Le seul échantillon marqué appartient au musée de la porte de Hal, à Bruxelles. C'est un magnifique réservoir de fontaine en forme d'urne, aux armes de la maison de Lorraine; à l'intérieur du pied se trouvent deux marques en noir, l'une est formée des lettres C P, et l'autre de trois croissants alignés entre deux traits parallèles.

Le *Catalogue des effets précieux de feu Son Altesse Royale le duc Charles de Lorraine et de Bar*, dressé pour la vente qui eut lieu à Bruxelles en 1781, décrit minutieusement quantité d'objets en PORCELAINE *de Tervueren*. Mais il ne faut pas prendre cette qualification au pied de la lettre, car le mot *porcelaine* s'employait autrefois pour désigner la faïence aussi bien que les produits kaoliniques. Peut-être le prince Charles avait-il fait décorer à Tervueren des blancs de Tournai, et, dans ce cas, les termes du catalogue s'expliqueraient naturellement. Cette hypothèse est confirmée par certaines annotations du *Journal secret* du prince, document autographe conservé aux Archives du Royaume.

NOTE DE M. FRÉDÉRIC FÉTIS.

235 — Vase Louis XVI, en forme d'urne. Le corps de la pièce est orné d'une grosse guirlande de fleurs en haut-relief se rattachant aux anses; guirlande pleine sur l'autre face.

Manufacture de Tervueren. Fabrique du prince Charles de Lorraine.

(Pièce rare.)

Haut., 32 cent.

Faïence d'Andenne.

236-237 — Deux chiens lévriers, formant pendants; l'un en blanc, l'autre moucheté de violet sur socle verdâtre.

Haut., 28 cent.

Faïence de Namur.

238 — Cafetière en terre noire vernissée, attribuée à Pierre-Charles Emonce, potier à Namur; monture en argent.

Haut., 19 cent.

239 — Deux grands plats en terre vernissée de Gennep Limbourg belge), avec inscription.

Faïences de Sept-Fontaines (Luxembourg).

240 — *L'Oiseau mort*, groupe en biscuit tendre ou fritte, un des rares essais de ce genre de fabrication exécutés à Luxembourg. (Voyez de Roddaz, *l'Art ancien*, p. 382.)

241 — Plateau rectangulaire, décor de fleurs en camaïeu bleu. Terre de pipe. j. w. a. d. en monogramme.

242 — Coquetier à bord ajouré, décor bleu. Marque L. B entrelacés.

243 — Plaque en terre de pipe, forme ovale, sujet en bleu sur fond blanc. Au revers, la signature du peintre *Dalle*.

Haut., 25 cent.

244 — Cuiller à punch montée sur trois pieds, terre de pipe. Marque en creux B L et F, en bleu.

245 — Vase couvert (pot-pourri), terre de pipe de Luxembourg. Marque en creux B L.

Haut., 30 cent.

246 — Sucrier, décor polychrome avec chiffre en terre de pipe. L B entrelacés.

Faïences de Bruges.

247 — Porte-montre, faïence brugeoise de Pulinex. XVIIIe siècle.

Haut., 29 cent.

248 — Beurrier sur assiette, figurant une perdrix couchée sur son nid. Marques B. P. (Bruges Pulinex) sous l'assiette et Z. O. à l'intérieur.

249 — Fontaine polychrome en forme de Bacchus.

Haut., 49 cent.

250 — Soupière; elle porte l'inscription suivante : A + *Bruges, 1754*. Style rocaille en bleu et blanc. Citée dans l'*Histoire de la Céramique*, par Ed. Garnier (de la collection Dupont-Auberville).

Haut., 16 cent. sur 27 cent.

251 — Petite salière, fond bleu lapis, décor polychrome de fleurs dans une réserve.

Faïences de Liége.

252 — Assiette; au centre l'initiale A surmontée d'une couronne; quelques fleurettes au pourtour; sur le marli, guirlande de bluets et filet d'or. Marque L. G.

253 — Figure polychrome en terre de pipe.

Haut., 25 cent.

254 — Cafetière polychrome, modèle d'argenterie, décor de fleurs.

Haut., 31 cent.

255 — Assiette en terre de pipe, décor de fleurs polychromes, genre de Lanfrey.

FAIENCES ORIENTALES

256 — Grand plat de Perse; la partie centrale est remplie par un fond rouge vermiculé, sur lequel s'étalent des pivoines en bleu.

Haut., 40 cent.

257 — Grande coupe de Perse sur pied, dessin régulier tracé en gris.

Haut., 14 cent.; diam., 36 cent.

258 — Plat de Perse à bord festonné, fond vert émeraude avec ornements en noir.

Diam., 32 cent.

259 — Gobelet en faïence de Perse, fond bleu couvert de dessins à reflets métalliques.

Haut., 7 cent.

260 — Coupe en faïence de l'île de Rhodes, fleurs sur fond bleu turquoise.

Diam., 29 cent.

261 — Plat en faïence de l'île de Rhodes, fleurs sur fond blanc.

Diam., 32 cent.

262 — Petit plat de l'île de Rhodes, à décor régulier polychrome rehaussé d'or.

Diam., 26 cent.

263 — Carreau persan, mosquée de Véramine, XIIe siècle : la bordure à inscriptions persanes.

Diam., 31 cent.

264 — Bol persan, à émaux translucides.

Haut., 10 cent.; diam., 23 cent.

FAIENCES ESPAGNOLES

265 — Très ancien vase électuaire, décoré de bandes obliques formées de traits bleus et alternant avec d'autres bandes couvertes de caractères arabes. Lustre cuivreux. XIVe siècle (?)

Haut., 27 cent.

266 — Deux plaques ovales, de l'école de Moustiers, à sujets religieux polychromes. L'une porte, au revers, la signature du peintre Soliva, et l'autre les lettres R. O. D (Rocafort); ces deux artistes ont travaillé à Alcora de 1727 à 1750. Fabrique d'Alcora.

26 cent. sur 19 cent.

267 — Salière à reflets rouges cuivrés, sur fond d'émail blanc rosé. Fabrique de Manisés.

Haut., 8 cent.

268 — Assiette avec lézard et couleuvre en haut-relief. Alcora.

269 — Assiette à présentoir, sujets polychromes dans des médaillons. Marque A (Alcora).

270 — Bassin hispano-moresque à reflets métalliques. (Manisés.)

Diam., 40 cent.

FAIENCES ITALIENNES

(XVIIe ET XVIIIe SIÈCLES)

271 — Grand plat à décor en camaïeu bleu. Au centre : *Moïse sauvé des eaux* ; ornements sur le marli ; au revers, un monogramme com-

N° 271.

posé des lettres T. R. (Torino), répété deux fois, et l'inscription suivante : *Fabrica di Torino 1736. Dipint. di Giorg. Gianiro. Rosser.* Turin. — (Vente Larderelle.)

Diam., 47 cent.

272 — Plat, décor de dentelles en camaïeu bleu; dans un médaillon central, une tête ailée, rehaussée de quelques touches jaunes. Savone.

Diam., 45 cent.

273 — Cafetière, sujet chinois en camaïeu bleu. Turin.

Haut., 23 cent.

274 — Deux plats, fond vert d'eau, décor bleu. Savone.

Diam., 27 cent.

275 — Assiette, fond vert, décor noir; au revers, la marque de la fabrique. Savone.

276 — Deux sucrières avec les armes de Savone.

Haut., 12 cent.

277 — Grand plat ovale, à reliefs, gaufré; large bordure de fleurs; au centre, sujet historique; décor polychrome d'un ton très doux. Venise.

Diam., 48 cent. sur 39 cent.

278 — Assiette, décor polychrome de ruines; marque au grappin avec les lettres A et F en monogramme. Venise.

279 — Bassin ovale à fond noir, entièrement couvert de paysages, fleurs, arbustes, oiseaux et personnages chinois, enlevés sur le fond et rehaussés de quelques traits de couleur manganèse; au revers, qui est décoré par le même procédé, la marque ci-contre.

(Pièce exceptionnelle.) Faenza.

Diam., 37 cent. sur 29 cent.

280 — Verrière, décor japonais polychrome rehaussé d'or; marque à l'ancre. Venise.

Haut., 9 cent.; diam., 28 cent.

281 — Plateau, sur piédouche; au centre, *le Sauveur*, dans un entourage de fleurs avec encadrement d'or, fond de vernis noir brillant, décoré de peintures et de dorures à froid. Padoue.

Diam., 22 cent.

282 — Assiette à décor d'or gravé : Chinois dans un paysage.

283 — Jardinière semi-circulaire, dont les bords supérieur et inférieur sont ornés de coquilles, rinceaux et rocailles en relief; le bandeau intermédiaire a reçu une décoration polychrome de pivoines et fleurettes, le tout rehaussé d'or. Fabrique de Pasquale Rubati. Milan.

Haut., 12 cent.

N° 279.

284 — Plat à bord festonné, fond bleu lapis et large médaillon polychrome à figures dans un paysage. Signé au revers : *Milano.*

Diam., 30 cent.

285 — Compotier, décor polychrome rehaussé d'or, ornements et fleurs de style chinois. Marque MILANO.

Diam., 23 cent.

286 — Assiette, décor polychrome, rehaussé d'or; armoiries au centre, ornements et fleurs de style chinois au pourtour. Marque MILANO.

287 — Assiette à décor polychrome rehaussé d'or, exécutée d'après une assiette semblable en porcelaine de Chine, de la famille verte; dans les réserves de la bordure et au centre, une inscription en caractères turcs indiquant que la pièce a été offerte au sultan Othman, au nom du roi de Pologne. Milan.

288 — Assiette, avec dorures travaillées à la pointe, représentant des Chinois dans un paysage. Milan.

289 — Deux tasses armoriées avec leurs soucoupes, décor japonais rehaussé d'or. Milan.

290 — Lucerne, ou lampe à longue tige, décor de guirlandes et draperies en camaïeu bleu, bords colorés en vert pâle. Sous le pied, l'inscription : *Fabrica di majolica di Urbino gli 30 septembre 1772.*

Haut., 64 cent. avec la tige.

291 — Lucerne ou lampe de même forme, décor polychrome de fleurs et de fleurettes. Marquée sous le pied : *Urbino 1768.*

Haut., 64 cent. avec la tige.

292 — Assiette polychrome de style japonais, avec émaux en relief. (Bologne ?)

293 — Assiette polychrome décorée d'ornements. Lodi.

294 — Compotier à côtes, décor polychrome de quadrillages et ornements variés ; au centre, un papillon. Signé au revers : PESARO 1766.

295 — Cornet, bouquets de fleurs polychromes. Pesaro.

Haut., 24 cent.

296 — Assiette creuse, décor chinois rehaussé d'or. Marque PESARO · C · C · 1787.

297 — Assiette, décor chinois rehaussé d'or. Pesaro.

298 — Deux corbeilles, à bord ajouré. Marque PESARO · C · C.

Diam., 17 cent.

299 — Soucoupe, cavalier galopant. Castelli.

300 — Deux soucoupes, fond jaune, décors différents. (Albissola?

301 — Deux médaillons circulaires, finement décorés de vues animées de personnages. (Naples?

15 cent. sans le cadre.

302 — Plat long : la partie centrale est occupée par un rouleau de papier en trompe-l'œil, sur lequel est transcrit un canon, paroles et musique ; au pourtour, bouquets polychromes.

Diam., 35 cent. sur 25 cent.

303 — Plat à bord découpé, fond bleu ardoisé ; au centre, paysage dans un cartouche entouré d'ornements en blanc et jaune. Savone.

Diam., 31 cent. sur 27 cent.

304 — Assiette, fond bleu ardoisé, décor polychrome dans le goût de Bérain. Savone.

305 — Grand plat, à bordure d'ornements et avec armoiries ; au centre, *Diane au bain entourée de ses nymphes*, camaïeu bleu rehaussé de vert.

Diam., 50 cent.

306 — Assiette ornée de bouquets d'émail blanc sur fond mauve.

307 — Assiette, décor d'enfant assis sur un trophée et sonnant de la trompette.

308 — Assiette, décor en camaïeu bleu.

309 — Deux raviers imitant des feuilles de chou.

310 — Deux petits raviers, même service, imitant des feuilles de chou.

311 — Plaque encadrée, polychrome, sujet tiré de l'Écriture. Castelli.

31 cent. sur 24 cent., sans le cadre.

312 — Soucoupe, fond bleu lapis, ornements en blanc. Milan.

313 — Plat polychrome ovale, chinois, fleurs, branchage, papillon; au centre, carte de visite avec inscription : *Al Nol^{to} Ill^{re} Sig^{re} Ph All^{mo} Il Inst^{ta} Modesto M^{u} Corti Di Rubastini in S. Pietro in Colarco de Paria*. Pavie.

31 cent. sur 26 cent.

314 — Petite statuette en bleu lapis, décor en rouge, rehaussé d'or. Milan.

Haut., 12 cent.

315 — Plat ovale, le bord à quatre mascarons et quatre anges tenant des écus et des cornes d'abondance en relief. Au centre, enfants jouant avec une chèvre, en relief, d'un ton très doux. Venise.

(Vente de Parpart, à Cologne.)

Diam., 34 cent. sur 27 cent.

316 — Assiette à œufs, fond bleu ardoisé; au centre, un paysage dans un cartouche entouré d'ornements en blanc et jaune. Savone.

317 — Petite coupe, fond noir décoré d'une tête peinte à l'huile. Padoue.

318 — Tableau polychrome, représentant l'entrée de la ville de Bassano.

22 cent. sur 20 cent., sans le cadre.

319 — Cornet, décor jaune et bleu avec figure. Castel Durante.

Haut., 24 cent.

320 — Assiette à navire bleu, genre chinois, imitation Delft. Fabrique de M. Ginori, à Doccia, près Florence.

321 — Assiette décorée d'ornements symétriques : au centre, branche de fleurs polychromes. Lodi.

FAIENCES ALLEMANDES

322 — *L'Enlèvement*, groupe polychrome rehaussé d'or. Hœchst, près Mayence.

Haut., 37 cent.

323 — Groupe : *Colin et Colette*. Hœchst.

Haut., 23 cent.

324 — Groupe : Enfants jouant avec un chat et une souris. Hœchst. Œuvre de Melchior.

Haut., 14 cent.

325 — Vase dont les anses figurent des dragons ailés, décor de fleurs.

Haut., 22 cent.

326 — Petite cafetière polychrome, fleurs et papillons. Marque AMBERG 1774 (Amberg, Bavière).

Haut., 21 cent.

327 — Grand cornet, décor de fleurs, d'insectes et d'ornements polychromes rehaussés d'or : au centre, paysage en noir dans des cartouches. Harburg.

Haut., 40 cent.

328 — Pot couvert garni d'une anse, fond vert, décor d'arabesques en couleur manganèse. Marque F. G. E.

Haut., 14 cent.

329 — Assiette à décor bleu pâle : au centre, les armoiries de Charles-Edgard, marquis d'Ost-Frise, et de Sophie Wilhelmine, de Baireuth ; au pourtour, bordure d'entrelacs et de guirlandes. Marque de fabrique : Baireuth.

330 — Assiette, bord à dentelures en or : au centre, bouquet polychrome, papillon sur le marli. Kiel.

331 — Grand pot à bière forme torse, monté en étain, décor en camaïeu bleu de motifs chinois.

Haut., 32 cent.

332 — Pot à bière monté en étain, décor de fleurs et d'oiseaux polychromes. Sur le couvercle : A. H. Baireuth.

Haut., 29 cent.

333 — Pinte montée en étain, décorée en camaïeu rose de la légende de Saint Hubert. ∴ HB ∴ Nuremberg.

Haut., 14 cent.

334 — Beurrier figurant une courge garnie de ses feuilles.

335 — Compotier à bord cannelé; au centre, *le Sacrifice d'Abraham*, par le peintre Grebner, de Nuremberg. (Le même au musée de Munich, signé : Grebner, Nuremberg.)

336 — Corbeille de mariage, imitation de vannerie. Fabrique de Hollitsh (Hongrie). Marque T. S. en monogramme.

Haut., 21 cent. sur 20 cent.

337 — Carreau de poêle, de Lunebourg (près Hambourg), décor de style oriental à reliefs en émail blanc sur fond vert.

338 — Tortue polychrome. Fabrique de Hœchst.

Haut., 14 cent. sur 20 cent.

339 — Brochet polychrome. Fabrique de Hœchst.

Long., 36 cent.

340 — Plaque, paysage en camaïeu violet, décor très fin. Haguenau.

18 cent. sur 13 cent., sans le cadre.

341 — Soucoupe des premiers essais de Bœttger, sujet de chasse en argent sur fond marron.

Faïences danoises.

342 — Grand vase dit pot-pourri, orné de sujets de chasse; à l'intérieur du couvercle se trouvent le millésime 1769 en abrégé et les initiales de la ville de Kiel, de Buchwald, directeur de la manufacture, et du peintre Abraham Leihamer.

Haut., 34 cent.

Faïences suédoises.

343 — Assiette à bord quadrillé, chargée, aux intersections, de fleurettes en relief; au centre, bouquet de fleurs. Marque M, fabrique de Marieberg.

344 — Assiette ornée de fleurs polychromes: au revers, inscription abrégée indiquant la fabrique : Rorstrand, et la date du 24 septembre 1770.

345 — Deux beurriers à décor polychrome. Sur les couvercles, berger et bergère en ronde bosse. Marque aux trois couronnes en bleu.

PORCELAINES ET FAIENCES

DE TOURNAI

En 1750, deux Français originaires de Lille, François Carpentier et François-Joseph Peterinck, établirent une faïencerie à Tournai. Dès l'année suivante, Carpentier céda sa part de propriété à son associé, et, le 3 avril 1751, celui-ci obtint un privilège d'une durée de trente années, pour l'exploitation d'une manufacture de porcelaine tendre, faïence, grès d'Angleterre et brun de Rouen, privilège qui fut renouvelé le 20 septembre 1780 pour un nouveau terme de vingt-cinq ans. A la mort de Peterinck, en l'an VII de la République, la manufacture passa entre les mains de son gendre, Maximilien de Bettignies; elle appartient actuellement à la famille Boch. Un établissement rival, créé dans la même ville par le propre fils de Peterinck, fonctionne encore aujourd'hui sous la direction d'un de ses descendants.

Chercheur infatigable, toujours en quête de nouveaux perfectionnements, esprit aventureux et entreprenant, céramiste passionné pour son art, Peterinck éleva rapidement l'usine tournaisienne au premier rang des fabriques de porcelaine. Le nombre des ouvriers, qui n'était que de quarante en 1756, arriva à quatre cents en 1771, année pendant laquelle la vente des marchandises produisit une somme de 175,000 florins. Malgré cet accroissement si considérable, les difficultés de l'entreprise étaient telles que Peterinck n'en eût jamais triomphé sans la protection éclairée du comte de Cobenzel, le Colbert de la Belgique, et sans les subsides des magistrats communaux qui étaient naturellement intéressés au maintien de l'établissement.

Dans le principe, la porcelaine de Tournai était d'un ton grisâtre et sujette à bouillonner, mais bientôt elle ne laissa rien à désirer comme blancheur et pureté. Ses dorures ciselées au burin et ses fonds bleu de roi permettent de la comparer aux admirables pâtes tendres de Sèvres. Les genres de décor les plus variés furent abordés avec un égal succès: paysages d'une touche fine et spirituelle, oiseaux au plumage éclatant, bouquets de fleurs lestement enlevés, scènes pastorales, sujets orientaux dans le goût saxon, tout cela dénote une entente parfaite des convenances de cette luxueuse industrie. De 1763 à 1771, le peintre Duvivier excella dans la pratique de son art. A sa mort il eut pour successeur, comme premier peintre de la manufacture, un nommé de la Mussellerie, bientôt remplacé à son tour par Joseph Mayer, qui exécuta, en 1790, sur commande du duc d'Orléans, un service de table à décor d'oiseaux et bordure fond bleu de roi rehaussée d'or. Nombre d'autres peintres mériteraient une mention particulière: nous ne citerons que le fameux Claude Borne, un des meilleurs artistes des faïenceries de Rouen.

La fabrique de Tournai se distingua également par ses délicieux groupes et statuettes en biscuit · quelquefois, — mais assez rarement, — coloriés. Ici encore il faut nommer le modeleur Gillis, de Valenciennes, et, après lui,

Nicolas Lecreux, auteur de nombreuses compositions galantes, bergers et bergères, que les amateurs se disputent à prix d'or.

Cette production artistique ne doit pas faire oublier la vaisselle ordinaire, qui se recommande par son extrême résistance, par ses formes élégantes et par son décor sobre, mais distingué, qualités qui lui valurent une vogue universelle.

La fabrique de Tournai a commencé par marquer d'une tour. Vers 1757, elle adopta les deux épées en croix cantonnées de croisillons. L'une et l'autre marque sont toujours en or sur les ouvrages de choix, en bleu sur les produits courants. Quelquefois, elles sont accompagnées des initiales des décorateurs ou des modeleurs, ces dernières en creux dans la pâte.

Note de M. Frédéric Fétis.

346 — Deux plats à dessin régulier en bleu, arabesques rappelant le genre Rouen. Marque : les épées en bleu et un B.

(Voyez Soil, *Porcelaines de Tournay*, p. 265.)

Diam. 37 cent.

347 — Assiette, décor camaïeu rose : au centre, paysage avec ruine, rivière, cavalier. Sur le marli ondulé à côtes, quatre branches fleuries en rose. Bord osier avec filet or. Marque aux épées d'or.

348 — Assiette décorée au centre d'un médaillon ovale, bleu de roi avec gerbe en or ; le médaillon est suspendu par un nœud de ruban bleu, et entouré d'une bordure or ciselé. Sur le marli uni à filet d'or, deux rubans bleu et or entrelacés.

349 — Assiette : au centre, bouquet de fleurs camaïeu rose. Sur le marli uni, ondulé, à filet d'or, deux rubans rose et or entrelacés.

350 — Assiette creuse ; au centre, bouquet de fleurs polychrome. Sur le marli ondulé à côtes, quatre branches fleuries. Bord osier et filet d'or. Marque aux épées d'or.

351 — Assiette, décor camaïeu vert représentant un sujet champêtre. Marli uni, ondulé, à filet d'or, avec encadrement de style rocaille. Marque aux épées d'or.

352 — Assiette décorée sur le marli de huit petits bouquets de fleurs en or ciselé. Bord uni, ondulé, à filet d'or. Marque à la tour d'or.

353 — Assiette décorée au centre d'un médaillon ovale, suspendu par un nœud de ruban rose. Petit bouquet de fleurs polychromes au centre, sur fond gris, encadré d'une bordure en or et de feuillages. Marli uni, ondulé. Bordure or et rose entourée de crochets en or.

354 — Assiette décorée au centre d'une branche fleurie polychrome. Sur le marli uni, ondulé, à filet d'or, deux rubans rose et or entrelacés. Le nom de la plante se trouve en lettres d'or au revers de l'assiette.

355 — Assiette; au centre, décor polychrome de plante avec racine et fruits. Sur le marli, deux rubans rose et or entrelacés. Bord uni, ondulé, à filet d'or. Au revers, le nom de la plante en lettres d'or.

356 — Assiette; au centre, groupe polychrome d'oiseaux sur terrasse, et arbustes légers. Bord ondulé à filets d'or. Le marli à fines côtes torses. Marque aux épées d'or.

357 — Assiette décorée au centre d'un paysage polychrome. Marli ondulé à fines côtes torses et filet d'or. Marque aux épées d'or.

358 — Assiette décorée au centre d'un bouquet de fleurs en or ciselé. Marli ondulé à fines côtes torses. Double bordure en or. Marque aux épées d'or.

359 — Assiette décorée au centre d'un motif d'oiseaux et de branches fleuries polychromes. Marli uni, ondulé, agrémenté d'un filet d'or.

360 — Assiette décorée au centre d'un groupe de fruits, légumes et feuillages. Sur le marli ondulé et à côtes, quatre fleurettes jetées. Bord à filet rouge.

361 — Assiette; au centre, branche fleurie polychrome. Sur le marli uni, ondulé, à filet d'or, deux rubans rose et or entrelacés. Au revers, l'indication de la plante.

362 — Assiette décorée au centre d'un bouquet bleu rehaussé d'or. Bord uni, ondulé, à filet d'or. Sur le marli, guirlandes et nœuds de ruban en bleu et or.

363 — Assiette; au centre, un arbuste en fleurs formant bouquet, et une abeille, en bleu sombre et or. Sur le marli ondulé à côtes, quatre branches fleuries en bleu rehaussé d'or. Bordure à dessin de guipure en bleu, entourée de filets d'or. Marque à la tour d'or et une initiale en bleu.

364 — Assiette: au centre, un papillon dans un médaillon rond encadré d'une bande bleu de roi relevée d'une suite de grecques en or, entourées de filets à crochets. Sur le marli à grosses côtes torses, quatre bouquets de fleurs bleu de roi et or, portant chacun un papillon. Au bord, sur fond bleu, suite de grecques en or, entourées de crochets. Marque à la tour d'or.

365 — Assiette, décor polychrome d'oiseaux sur terrasse, avec arbustes légers. Sur le marli ondulé, à filet d'or et à côtes, quatre motifs d'oiseaux perchés. Bord osier. Marque à la tour d'or.

366 — Ravier en blanc, avec dorures ciselées.

25 cent. sur 15 cent.

367 — Assiette de mariage, décor bleu fin, représentant deux mains unies; au-dessus, un cœur percé de deux flèches, et, plus bas, deux oiseaux se becquetant. A droite et à gauche, initiales M et A entrelacées de traits et d'arabesques; sur le marli, trois branches de feuillages. Marque aux épées en bleu.

(Voir Soïl, *Porcelaines de Tournay*, p. 265.)

368 — Assiette du service dit du duc d'Orléans, décor bleu de roi et oiseaux polychromes. Au centre, un oiseau perché sur une branche; sur le marli, large bande bleu de roi contenant six réserves avec oiseaux et papillons. Peinte par Mayer. (Décrite dans Soïl, *Porcelaines de Tournay*, p. 238; gravée dans *l'Art ancien*, de Roddaz, p. 366.)

369 — Grand surtout de table, sur lequel se dressent quatre dauphins soutenant une corbeille garnie de bobèches; guirlandes de fleurs en relief. Genre Saxe.
(Pièce exceptionnelle.)

Haut., 42 cent. sur 55 cent.

N° 369.

370 — Petite tasse litron. Le haut de la tasse présente un bandeau circulaire bleu lapis orné d'arabesques d'or, sur lequel se détachent des réserves contenant un oiseau et des insectes. Même décor sur le bord de la soucoupe; au centre de celle-ci, un oiseau.
(Voyez Soïl, p. 239.)

371 — Petite tabatière, dont le fond imite le bois; sur le couvercle, paysage en noir dans une carte formant trompe-l'œil: peinture de Mayer, premier peintre de la manufacture.
(Voyez Soïl, p. 271.)

372 — Tasse à thé, fleurs polychromes et filets d'or. Marque aux épées d'or.

373 — Tasse à café, fleurs en camaïeu bleu.

374 — Soucoupe, paysage en camaïeu rose et filet d'or. Marque à la tour d'or.

375 — Tasse à thé, décor de médaillons fond bleu lapis encadrant des instruments de jardinage en or.

376 — Trois statuettes en porcelaine blanche : *Joueur de vielle. Bohémienne dansant, Petit Marquis.*

Haut., 13 et 12 cent.

377 — Tasse à café polychrome, oiseaux et insectes.

378 — Moutardier et cuiller, décor de bouquets en bleu. Marque aux épées en bleu.

379 — Moutardier, décor polychrome de fleurs jetées.

380 — Crachoir décoré à La Haye, camaïeu rose. Marque à la cigogne.

PORCELAINES TENDRES DIVERSES

381 — Bouteille, décor bleu d'ornements dans le style de Bérain. Saint-Cloud (France).

(Pièce rare.)

Haut., 21 cent.

382 — Tasse trembleuse, décor bleu. Saint-Cloud.

383 — Sucrier couvert, plateau et cuiller; décor polychrome archaïque de fleurs et insectes. Chantilly (France). Marque au cor de chasse en rouge.

384 — Crémier: même genre de décor, même fabrique. Marque au cor de chasse en rouge.

385 — Médaillon représentant *l'Histoire*, relief de biscuit blanc sur fond bleu. Imitation de Wedgwood. Sèvres (France).

386 — Cafetière décorée, en camaïeu bleu, de Chinoises dans un paysage. Worcester (Angleterre).

Haut., 21 cent.

387 — Tasse polychrome, décorée de sujets dans des médaillons et rehaussée d'or. Capo di Monte (Italie).

388 — Plateau oblong à bord rocaille, décor japonais rehaussé d'or. Venise (Italie).

Diam., 31 cent. sur 21 cent.

389 — Assiette, décor polychrome rehaussé d'or; rochers et fleurs de style chinois. Venise.

390 — Assiette en porcelaine de Chine, décor semblable à la pièce qui précède.

391 — Console Louis XVI. Buen Retiro (Espagne). Marque à la grande fleur de lis.

Haut., 22 cent. sur 13 cent.

392 — Groupe de trois femmes nues. Buen Retiro (Espagne). Marque aux C croisés de Charles III.

Haut., 26 cent.

393 — Petite tasse à décor monochrome dans le goût japonais. Worcester.

394 — Pommeau de canne, décor bleu sur blanc. Saint-Cloud.

395 — Groupe de trois personnages : *la Déclaration*. Porcelaine tendre de Venise.

Haut., 23 cent.

396 — Soucoupe polychrome finement décorée d'un sujet rehaussé d'or. Capo di Monte.

Poteries anglaises.

397 — Assiette à bord plissé, décor de fleurs en camaïeu violet. Wedgwood.

398 — Tasse, décor bleu rehaussé d'or. Wedgwood.

399 — Deux jardinières semi-circulaires en vert jaspé : décor Louis XVI à rehauts d'or. Wedgwood.

Haut., 13 cent. sur 22 cent.

400 — Trois petits vases, décor en damier rouge et noir.

Haut., 12 et 14 cent.

401 — Encrier de forme élégante, en terre rouge, avec têtes d'aigles et ornements en noir.

Haut., 15 cent.

402 — Vase brûle-parfums en brun agrémenté de blanc, rehaussé d'or; décor Louis XVI.

Haut., 23 cent.

403 — Broche, imitation de camée. Wedgwood.

404 — Théière en pâte jaspée du Staffordshire.

405 — Tasse à thé en pâte jaspée. Staffordshire.

TERRES CUITES

Série de dix-sept médaillons de Nini.

406 — Médaillon de Charles-Juste, prince de Beauveau, 1767.
Grand module.

407 — Médaillon de Louis XV, tête à l'antique, couronnée de lauriers, 1770.
Grand module.

408 — Médaillon de Leray de Chaumont, intendant des Invalides, 1771.
Grand module.

409 — Médaillon de Thérèse Joques Leray de Chaumont, femme du précédent, 1774.
Grand module.

410 — Médaillon de Catherine II, en costume d'impératrice, 1771.
Grand module.

411 — Médaillon de Catherine II, tête à l'antique, couronnée de lauriers, 1771.
Grand module.

412 — Médaillon de deux têtes superposées à gauche, types russes (sans millésime).
Petit module.

413 — Médaillon de Mme de Flesselles, intendante de Moulins.
Grand module.

414 — Médaillon de Mlle Alcoque, anglaise, 1762.
Grand module.

415 — Médaillon du comte de Choiseul, 1763.
Grand module.

416 — Médaillon de Voltaire, couronné de lauriers, 1781.
Grand module.

417 — Médaillon de Franklin, avec inscription latine, 1779.
Grand module.

418 — Médaillon de Louis XVI, 1780.
Grand module.

419 — Médaillon de Marie-Antoinette, 1780.
Grand module.

420 — Médaillon de Franklin, 1777.
Petit module.

421 — Médaillon de Hyacinthe de Rigaud, comte de Vaudreuil.
Petit module.

422 — Médaillon de deux têtes superposées.
Petit module.
Tous ces médaillons sont signés *Nini*.

423 — Deux statuettes en terre cuite signées Bertrand, 1692.

Œuvres de Jean-Marie Renaud.

424 — Bustes du sculpteur Jean-Marie Renaud et de sa femme. Sous le buste de l'artiste se trouve l'inscription suivante, gravée à la pointe : *Mon portrait fait par moi l'an 1790, le 15 juillet à Paris, J. M. Renaud, membre de l'Académie de sculpture de Valenciennes et de sel* (sic) *de Liège, né au Sarguemine* (sic) *l'an 1740, le 17 novembre.*

On lit sous le buste de Mme Renaud : *Marie-Prudence Laugiboul, né* (sic) *le 19 avril 1771.*

(Ces pièces ont été achetées à la veuve du fils de Renaud.)

425 — Bas-relief encadré signé : *J. M. Renaud, f.* 12 cent. avec le cadre. Il est carré.

426 — Jupiter et Hébé, bas-relief encadré. 13 cent. sur 10 cent., avec le cadre.

427 — Médaillon encadré, sujet allégorique.

428 — Cadre en écaille, contenant :

Médaillon de Henri IV encadré très beau, 12 cent. avec le cadre.

Scène de sacrifice antique, petit bas-relief encadré. 12 cent. sur 4 cent.

Sacrifice à Pan, médaillon encadré, signé : *M. J. Renaud.*

Têtes d'homme et de femme, avec un aigle, petit bas-relief en pierre lithographique, signé : *J. M. Renaud, de Sarreguemines.*

Déjanire et Nessus, petit médaillon encadré, signé : *J. M. Renaud.*

L'Agneau chéri, petit médaillon encadré, signé : *J. M. Renaud, f.*

La Marchande d'amours, petit médaillon encadré.

Enfants jouant sous un arbre, médaillon encadré.

Enfant sur un cheval marin, encadré.

Hébé, petit médaillon encadré.

Deux médaillons de sujets différents, non encadrés.

429 — Cadre en écaille, contenant :

Série de dix médaillons en terre cuite, non encadrés, de différents modules, parmi lesquels l'Agneau chéri et la Main chaude.

Deux broches montées en terre cuite, avec sujets antiques. La plupart sont signés Renaud.

Dans le centre du cadre, vingt-six petits biscuits de porcelaine, imitation de camées et intailles, par le même, faits à Sèvres, d'après le dire de la famille ; presque toutes ces pièces ont été achetées aux descendants de Renaud. Œuvres d'une grande finesse.

430 — Une tabatière en ivoire, avec terre cuite au couvercle, représentant le buste de Franklin, et portant l'inscription : *Libertatis restaurator ;* dans le double fond de la tabatière, terre cuite avec allégorie, et l'inscription : *Spiritus intus alit.* Signée : Renaud.

www.ingramcontent.com/pod-product-compliance
Ingram Content Group UK Ltd.
Pitfield, Milton Keynes, MK11 3LW, UK
UKHW020352180726
13839UKWH00003B/1050

9 782329 381862